怎么都来了！

[日]大村知子 文/图　周　迅 译

21 二十一世纪出版社集团
21st Century Publishing Group

在小船上舒舒服服地休息会儿吧。

在屋顶上安安静静地看会儿书。

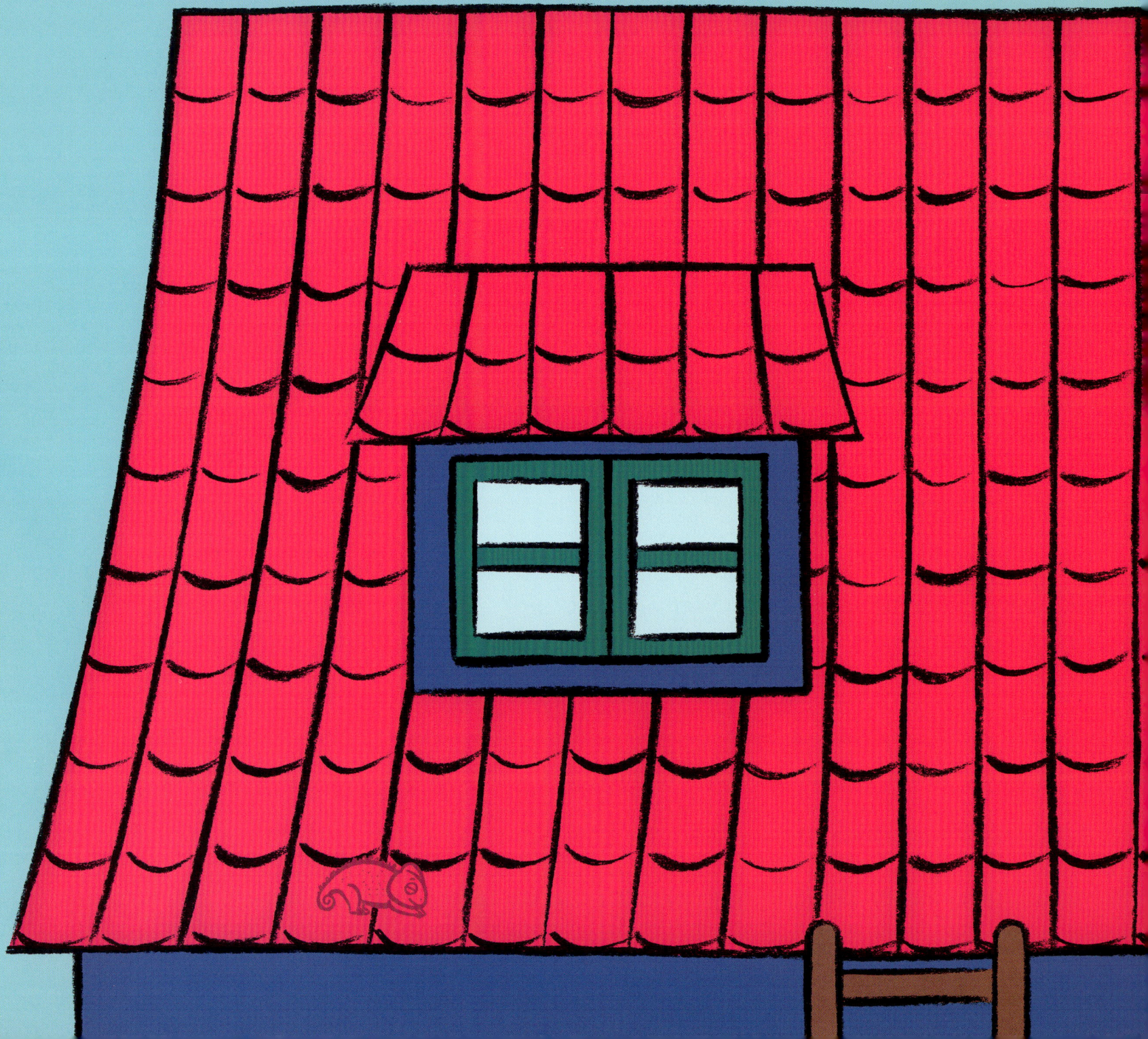

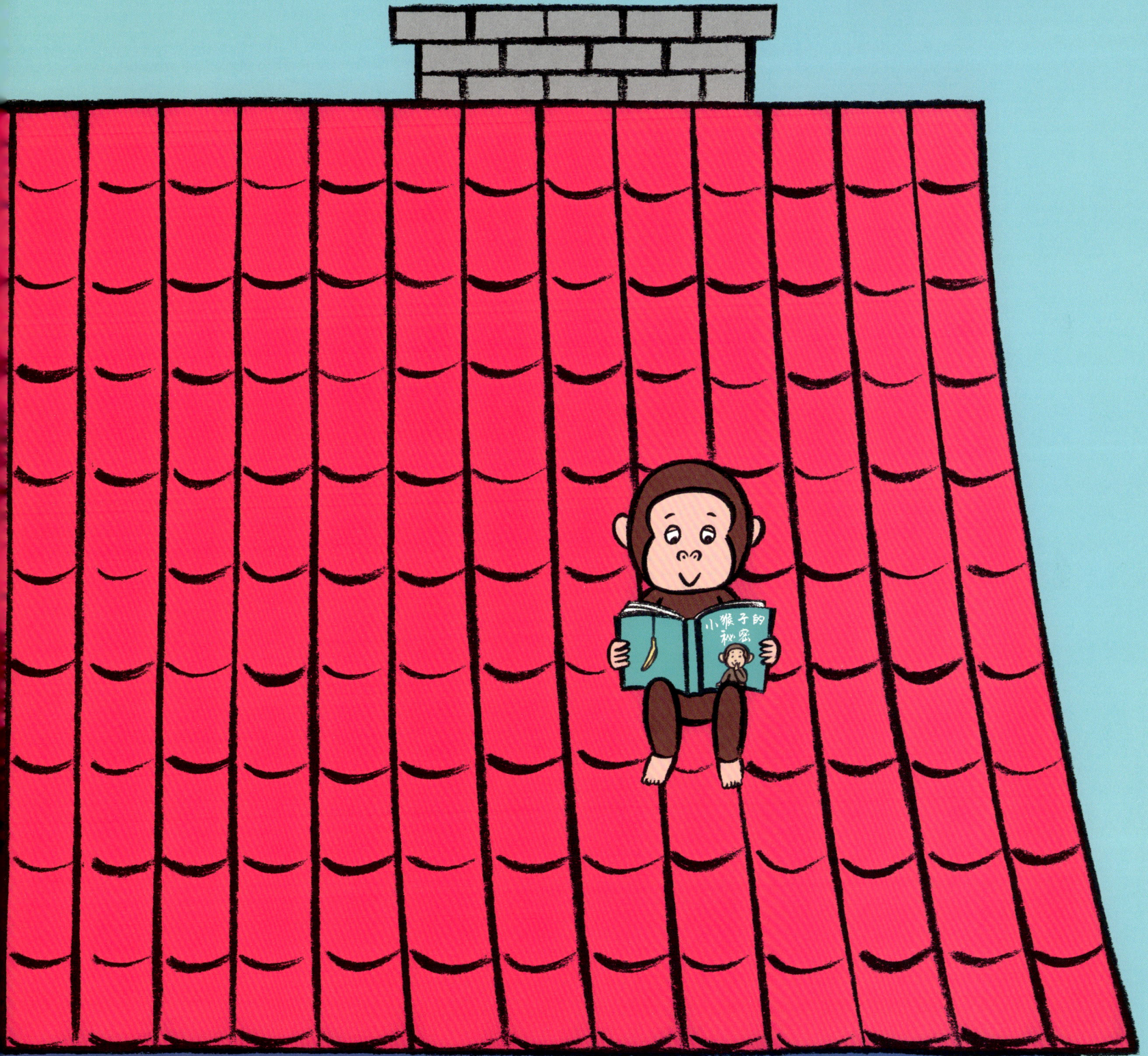

没过一会儿……

怎么都来了！

怎么又这样？

来餐厅吃个饭。

欢迎光临！

没过一会儿……

怎么都来了！

清随煮自取

来泡个澡，出出汗。

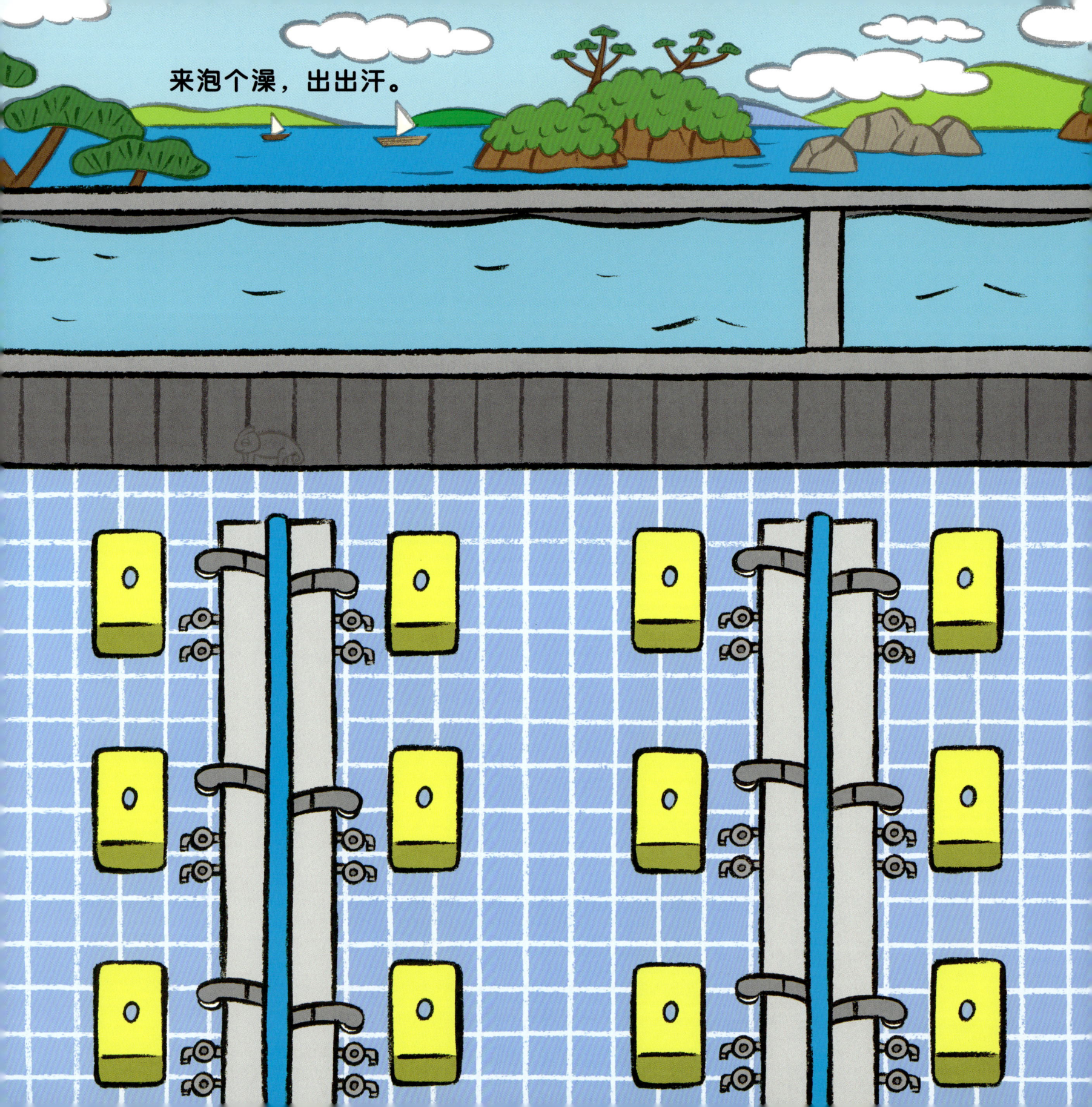

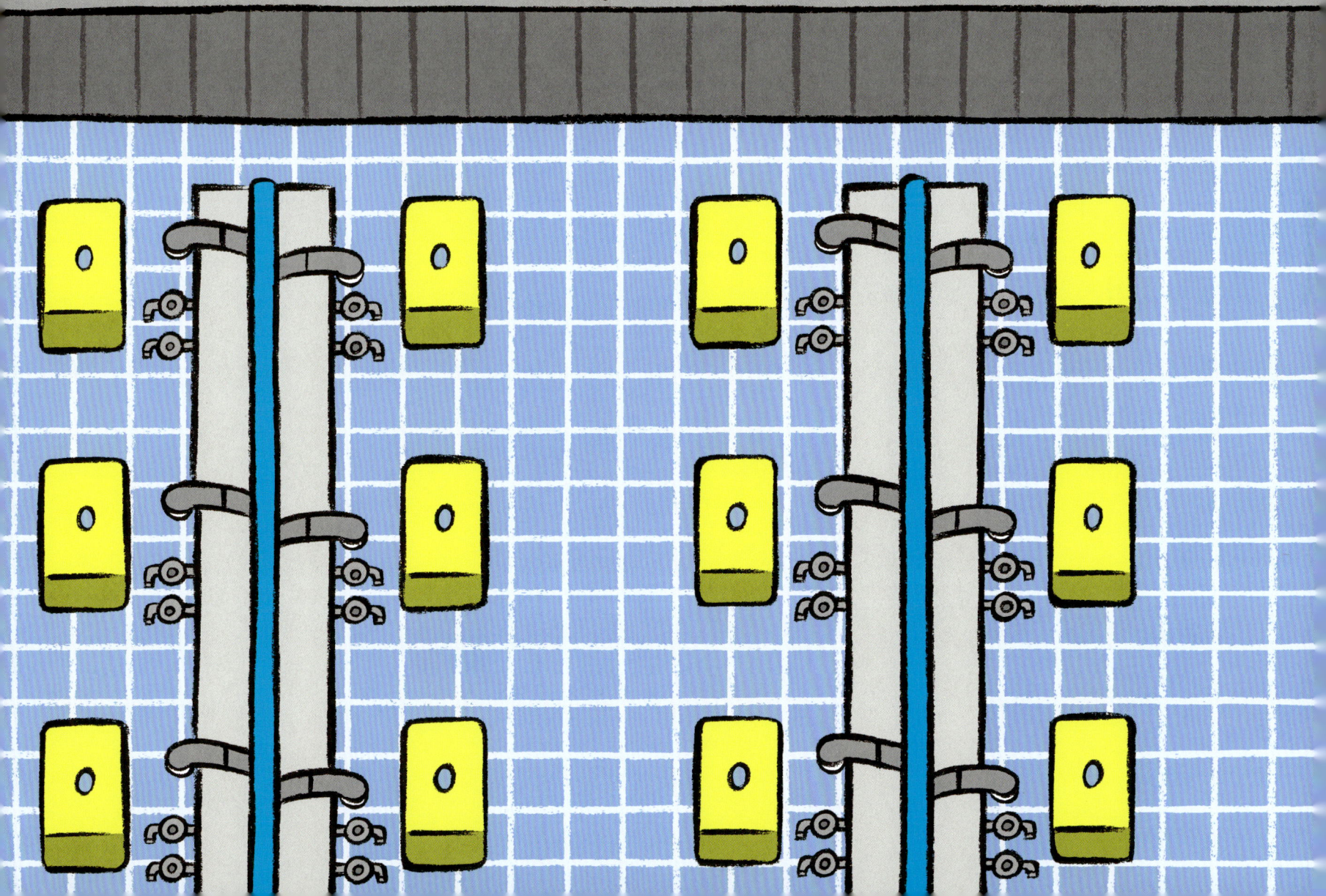

怎么都来了！

我要睡觉了。

晚安！

没过一会儿……

怎么……

作者简介：大村知子

出生于东京。曾经是一名纺织设计师，现在是插画师，作品众多。凭借《怎么都来了！》获得了日本书店童书负责人评选的第六届 LIBRO 绘本大奖。其他作品还有《妖怪的面包工厂》《小小垃圾回收车小步》等。

作者的话：

很多人都不太喜欢人多拥挤的地方，当然，这个故事里的主人公小猴子也不例外。

但是我却没那么讨厌拥挤的地方。比如音乐会会场、本地的节日庆典、大型甩卖市场等，我都喜欢。虽然人多，但比起空空无人，更让我觉得有活力，感觉快乐。而且，在有限的空间里观察人们的各种举动也是一件很有趣的事情。

在这个故事中，很多动物都去了小猴子去过的地方，请大家也尽情感受一下拥挤的趣味吧。

图书在版编目（CIP）数据

怎么都来了！/（日）大村知子文图；周迅译. –
南昌：二十一世纪出版社集团，2021.7
（蒲蒲兰绘本馆）
ISBN 978-7-5568-5855-2

Ⅰ.①怎… Ⅱ.①大… ②周… Ⅲ.①儿童故事－图
画故事－日本－现代 Ⅳ.①I313.85

中国版本图书馆CIP数据核字(2021)第093278号

PUPULAN HUIBEN GUAN ZENME DOU LAI LE

蒲蒲兰绘本馆 怎么都来了！

[日]大村知子 文/图 周 迅 译

出 版 人：刘凯军
责任编辑：陈 超
特约编辑：尹成彬
出版发行：二十一世纪出版社集团（南昌市子安路75号）
经 销：新华书店
印 制：鸿博昊天科技有限公司
版 次：2021年7月第1版
印 次：2021年7月第1次印刷
开 本：787mm×1092mm 1/12
印 张：2
书 号：ISBN 978-7-5568-5855-2
定 价：42.00元

赣版权登字—04—2021—481
版权所有 侵权必究

找一找我吧！